開落去来

K A I R A K U K Y O R A I

本井 英句集

ふらんす堂

開落去来——目次

句集　開落去来

平成十九年

老犬のめでたく糞りてお元日

村中のかたちやさしき深雪かな

九十九里浜

ながれこみ来たる朝日に浜千鳥

白樺にすぐに巻きつき暖炉の火

獺はしたたりながら祭りけむ

聖堂のドア覗きては新入生

校門に遠足のバスはれがまし

軽トラが代田植田と映りゆく

日傘すこし浮かせて風を躱すかな

初島はぺたりと低し夏霞

グラジオラス咲いて過疎とはにべもなし

川蜻蛉の翅の開閉ねもごろに

凌霄の花の燭台咲きさがり

胸鰭を扇づかひにちぬ屯ろ

噴水の根の水中にあるごとし

一望に真潮逆潮あらひ鯛

風鈴も元気をとりもどす時刻
瀧落ちてゆくほどに水ずたずたに

久美子亡ければ

車椅子押さなくなりて薔薇に佇つ

眼鏡はづして露の身と思ひけり

北上河畔にアテルイを思いて

川戦さありけむ葭にひそみけむ

筑紫の国

木槿咲き咲く春日《カスガ》原《バル》白《シラ》木《キ》原《バル》

虫売にホステス風のしやがみこみ

昨夜泣けば目尻が痒し秋の晴

豊岡　杞陽忌　二句

聞きとめて鵁《コウ》の嘴音刈田道

偲ばれてやがて仰がれ杞陽の忌

沼は好きよ曇りといへど冬といへど

真夜の虹うかべ大原時雨れけり

降り立ちて鷺の真白や池普請

池普請とりちらかして昼休み

猪撃ちの手筈地面に描きながら

鰰の山を鰰滑り落つ

平成二十年

墨の香も炭の匂ひもお書初

府中　大國魂神社

朔風に武蔵総社は北面す

駅ごとに霙だつたり雨だつたり

臘梅のすべ〳〵とほころびにけり

子《コ》孫《マゴ》なき碧梧桐忌でありにけり

葉牡丹の中高カとなりそむるかな

春立てばゆらと三十六鱗を
岩鼻をまはればここも若布干す

梅の庭ヨット引き込みありにけり

内灘に雲雀は揚がり人は住み

蛇採りの住む村へ蛇穴を出づ
明日知れぬとは蛇穴を出づるにも

灯を消して桜を闇へかへしけり

牡丹に切り絵のごとき葉のはべる

黒薙温泉

湯壺より磧に出たる裸かな

黒百合や霧《キリ》多布《タップ》とは霧がちに

三尺寝胸に手を組みしをらしや
骸とはとことん冷たし夏の朝

艪に櫂に同じ焼き印鵜舟うち

ころげまはる蟬仕留めしは雀蜂

岩魚沢へと偸盗のこころもて
天牛の髭をなぶれば嫌がるよ

耕してあるよ大根など蒔くか

山の子に早き二学期青瓢

野の草に正邪なけれど鳥兜

月光にそれとありけり崩れ簗

鶺鴒のひんひんひんと来て石に
枸杞の実や猿の乳首のごと朱く

山葵田に沿うて下ればば白ばんば
大根は爆ぜるがごとく葉をはなち

大根洗ふや濁り澄み濁り澄み

欲得をきれいに飾り大熊手

吉原弁天

冬菊や苦界の果ての横死の碑

納豆汁啜りてあどを打つばかり

袖口にのぞくラクダや里神楽

沼がまた現れて水鳥がまた

年上と思へてならぬ鴛鴦の妻

冬の月あたりの星をはらひたり

社会鍋の喇叭おぼつかなかりける

ガサ市の仕込み届かぬ炬燵かな

平成二十一年

受けてはや鈴のよろこぶ破魔矢かな

余呉　三句

熊鍋に騒げば外は村の闇

熊鍋の果ててゆゆしく浮く脂

湖舟の華奢な錨に時雨れけり

紅梅の散りて泥濘かぐはしき

長閑さや芝居じみたる清洲橋

名鉄の赤も目に馴れ野に遊ぶ

リュックひつかけてしたたか梅散らす

揚雲雀足竦まずやかく高く
パウロなほ毅しといへど蓮如の忌

夕風は水寄するごとし初桜

アラベスク淡く貝母の笠のうち

犬ふぐり長けてゆらりと揺るるほど

備中國分寺

菜の花を来て玄室の冷やとあり

捻ぢこぼし捻ぢこぼし茶葉揉めるかな
アカシヤの散り込んでゐるバーベキュー

巣を張らぬ蜘蛛と生まれて葉にじつと

中仙道　垂井宿

山裾に助郷いくつ青田風

教へ子の名で呼んでゐる守宮かな

噴水の中や水塊すれ違ひ

摩天楼の底へと注ぎこむ夕立

凌霄の喉の奥なる深紅かな

冷蔵庫置けば愛の巣らしくなる

弥富金魚市　二句

槽《フネ》の金魚こんがらかつて金色に

声刺さり合うて金魚の耀の水

第一回　こもろ・日盛俳句祭　二句

降つて降つて降つて土用も果てんとす

青鷺の鼓翼ゆさゆさ墜ちもせず

と聞けば塩辛蜻蛉男前

雨音を敷きひろげたる花野かな

内灘

射爆場たりきと一碑秋の浜

秋川は浜にほそりて海へ出づ

蔓《ハマ》荊《ゴウ》の蔓は直行咲きながら

忽然と大学がありて野路の秋

あぶらげを供へて椎の実を掃いて

虚子に〈廃川に何釣る人ぞ秋の風〉の句あれば

廃川に釣るは杞陽ぞ秋の風

からうじて嵌まる兎や後の月

無精髭一日そだて小春かな

枯るゝとは色抜くること岩煙草

独標に手袋置いて湯を沸かす

冬瀧の吝しみて細き一縷かな

按ずるに「みや」と啼くゆゑ都鳥

平成二十二年

陽平

浪人も辞さずと述ぶる御慶かな

著ぶくれを脱げば貝殻骨ゆるむ

江ノ電の窓に一瞬梅の宮

野火の向きかはれば走り男たち

バレンタインデーと頭の片隅に

梅ヶ枝をくぐるとき土やはらかき

知多半島　師崎

岬宿の畳いぶせき花の雨

媼ふたり髪の花屑つまみあひ

鳶交る短き叫びこぼしては
葉桜の墓石に祖父の立志伝

肩軽ろき心細さも更衣

女湯へ目をやらぬやう山女釣る

金雀枝や父とぎくしやくしてゐし頃

ぶつかつてばかりのそいつ蟻の道

カーテンを閉ぢて白夜をへだてけり

火の山の裾や夏野を貼り合はせ

競馬場ファンファーレまたファンファーレ

自炊部の帳場に積みて籠枕

瀧音のぱちぱち軽ろし心太

長良川

鵜篝の照らしあげたる橋の腹

底砂に向きばらばらに鯊沈む

すつぽんの狸貌なる水の秋

青《アオ》褐《カチ》の宝鐸草の実のふたつ
菌狩男の声の呼び交はし

豊岡　杞陽忌

城山にまもなく時雨やがて雪

霜の針突き刺さりをり葉に茎に

捩ぢあげるやうに大根引きにけり

花の白噴いて茶畝の小口かな

コッヘルにつきし熱燗とびつきり

おつもりの手酌しづかに年忘

平成二十三年

門灯や今宵歌留多の客迎へ
切干の笊立てかける角度かな

信号の赤の濃うなる暮雪かな

ごろ石に面輪々々や川涸るる

ひき返しては探梅を続けけり

盆梅の正面を決めかぬるかな

掌をそへて拭ふ広葉や君子蘭

出くはして我が眼をさぐり春の猫

春の蝿にウェットスーツ生乾き

里山のおしるこ色に芽吹くかな

春泥の径が沿ふなり小海線

玻璃ごしの春日貼りつくリノリウム

春空に色のながるる川原鶸

椿寿忌の大をなしたる小軀かな

桜鯛ぞ綸《イト》を真下に締め込むは
生き締めの血糊うつくし桜鯛

吾亦紅若葉の折り目折り目かな

出漁やがつんがつんと卯浪割り

青鷺の三歩目さらに慎重に

坂本　滋賀院

緋牡丹をゆたに猊下のお庭先

釣堀の手洗ひに吊る網石鹼《シャボン》

裏返しに干してズボンや立葵

作り瀧ながらかすかに風も呼び
箱庭の触るれば回る水車かな

境内に矢印小さく登山口

真裸の水の湧きくる泉かな

蟬の尿《ユマリ》やきらきらと降りこぼれ
すれちがひざまの安香水なりき

、《チュ》と舐めて我を吟味の山の蠅

黙禱の間も熊蟬の途切れなく

八月九日

長崎の日も朝より晴れわたり

花オクラ下着のやうに吹かれたる

俳誌「夏潮」を思えば

討死も覚悟の一誌獺祭忌

芋水車かけてしばらくよく濁る

露草の青が葎を上品に

初鴨に水平線のぎざ細か

老人に菊花展あり昼酒あり

鴨がくつろぎの声零すとき

豊岡　杞陽忌　二句

行李柳枯るるにつけて偲ぶなり

三丹は豊かにさびし柿を干し

攫はんとすれば大綿くらりとす
とつとつとつとつとつとつとつ狐去る

白《ハク》玉《ギヨク》に出入口無し茶の蕾

へとへとに枯れつくしたり擬宝珠の葉

セーターの真っ赤より真っ白が派手

平成二十四年

お降やそれでも浜に二三組
猿曳の猿に見せたる真顔かな

煮凝や酔余といへど昨夜のこと

一昨日の雪の匂ひに木立かな

榛の木の幹の乾ける雪の原
沖とほく大島が見え雪が見え

犬山城

国宝の城とて小ぶり春の月

若布乾く音のしやらしやら翌《アクル》朝《アサ》

下萌えて第三駐車場ひろし

摘草の指を滌ぐに小瀧あり

レジ袋より摑み出す繁縷かな

焼玉の音遠ざかる朝寝かな

閘門に松の花粉の黄一線

福島

ここにまた仮設住宅花の冷え

顔寄すや雛の鏡に映らんと

上賀茂神社

神《コウ》山《ヤマ》へとゞけと叫び競べ馬

そそくさと蛇も困《コウ》じてをるべしや

寺町の寺のはざまの黴の路地

つぎ〳〵と飛魚《アゴ》を蹴り出す舳《ミヨシ》かな

寺領ふかく棲みて在家や竹落葉

深刻に話すや日傘傾げあひ

青唐辛子《アオトウ》をざつと炒める湯気辛し

申し訳ないがグラジオラス嫌ひ
一昨年の彼とまた遇ひ登山小屋

うな重を妻に奢りて落着す

たわたわと在もはづれの青胡桃

立葵やさしき色の咲きのぼり

噴水の幹はぶれずよ穂はゆらぎ

残暑には違ひなけれどただならず

著せられて尻はしよられて案山子翁

抱きついて案山子に帯を縫ひつくる

雲梯に大漁旗や運動会

女装したがる年頃の運動会

秋風の聞こえはじめてやがて吹く

水澄むや小鷺の足の黄を沈め

蜘蛛が囲を張らなくなりし庭の径

鷹放つ鷹匠補より鷹匠へ

三《ミ》囲《メグリ》のこんこんさんも時雨れけり

浅草

冬木立平成中村座が消えて

北山

時雨るるや途中にあれば途中村

朴落葉の竜骨しかと横たはり

炭斗を提げて五六歩傘をさし

忘年会幹事様子の良い男

平成二十五年

鎌倉　鶴岡八幡宮

扁額の鳩が「八」なす初詣

渓道をたどる下山や冬苺

停車駅ではゆつくりと降れる雪
雪折のやうに死ぬるは痛からん

味噌汁が公魚釣に届きけり

姐御然腰元然や針供養

おいなりさん買つて帰りて春炬燵

下萌を梨の枝影這ひまはり

シクラメン官能小説にも飽きて

灯台へ行く馬の背の風椿

湯ヶ島より湯ヶ野ゆかしや菫草

虫出や湯壺は川の高さなる

閉ぢてゐる瞼の甘き朝寝かな

搾りたくなるほど雨の八重桜

暗渠口出ては入りてはつばくらめ

巣立ち燕ぞぱっちんと轢かれしは

どの枇杷も色得ることを冀ふ

小判草の御用提灯ひた押しに

眦の汗やすつぴん美しき

蟻の道仲良しなどはをらぬらし

くちなはの喰はるる順のめぐり来し

揚々と蛇ぶら提げてとんびかな

よろしくと声かけ囮鮎放つ

葉山　森戸神社

ついでなる茅の輪くぐりも海の客

羽色のまだとどのはぬ鶉も籠に

百日紅咲くや薬玉割るるやう

中干しの田へくれてやる水走る
なに育つ畝となけれど滑莧

滑走路と平屋がひとつ西日中

瀧壺へつつ込んでゆく水無言

その奥は曲がりて見えず岩魚沢
つつかけて来たる岩魚の釣られける

村花火酣もなく仕舞ひけり

島径も高みにかゝり葛の花

老の目に運動会のただ楽し

啄木鳥は幹の裏へと行つたまま

手賀沼

荻わけて釣り座へ径ありにけり

紫をきはみとしたり草紅葉

途中から猪垣に沿ふ下山道

河どれも北へ流るる時雨かな

へら釣りの疾うに帰りて鳰の水

綿虫にどんみりとある運河かな

堰堤の隅をこぼれて冬の川

寒禽の声からみけりちぎれけり

湯豆腐のお湯にうふつと醫かな

湯の柚子が鎖骨あたりをうろうろす

平成二十六年

福詣弁天さまはお軸にて

湯どころの山ふところの初薬師

ボロ市を素見《ヒヤカ》してより梅探る

寒鯉の鱗一枚づつの紺

墓経をうちかこみをり雪の傘

横浜　中華街

春節の獅子伸び上がるまだ伸びる

斑雪山から下りてきてアスファルト

剪定やときをり鋸の出番ある

春川を跨ぎて灯る湯の廊下

一村のすこし高みに彼岸寺

汁椀に三葉ちらせばすぐ馴染み

フェアウェイの一本松に古巣かな

背負籠置く潮干の磯の中ほどに
踏み入りて腰の深さの茶畝かな

青鷺やひもじき素振り見するなく
青鷺は動かぬといふ智恵授かり

たかんなを両断すれば楽器めく

五月鯉ピエタの如く抱き降ろし

富岩運河

閘室のみる〳〵深し夏燕

震災碑戦災碑木斛の花

蝸牛なりには右顧も左眄もす

蜘蛛が殺《ヤ》るときは必ず羽交締め

鎌倉　御霊神社

夏山にへばり鎌倉権五郎

育ちゆく入道雲に肩背中

家具の無きことぞよろしき夏座敷

日傘もう池の向かうに至りをり

吹く風に折れつぱなしの夏帽子

浅《ア》間《サ》山《マ》へと土用の大地迫り上がり

ポストからとり出すときに薔薇が邪魔

草の間をくちなはの斑のながれけり

六代御前墓

墓主は切られてんげり法師蟬

数珠玉のまだ色づかぬ青二才

鳥威きゅつきゅつきゅつと色走り

身じろぎて露のとんばうまだ飛べぬ

秋空や展覧会のやうに雲

草蜉蝣髭撓みたり直りたり

受け答へ礼儀正しく鯊を釣る

部屋の灯の届かぬ辺り紫苑立つ

咲けるものなほありながら草紅葉

猪罠の外にも諸を撒きちらし

雪片の白とは違ふ黒ではなく

凩のこたびはことに飯桐を

隈笹の隈のそだつも十二月

あとがき

句集『開落去来』は『本井英句集』、『夏潮』、『八月』につぐ私の第四句集であり、平成十九年に創刊した俳誌「夏潮」が、平成二十七年十一月号をもって百号を迎えたことを自祝する出版である。書名の「開落去来」は、私が大切にしている虚子の次の言葉からとった。

人生とは何か。私は唯月日の運行、花の開落、鳥の去来、それ等の如く人も亦生死して行くといふことだけを承知してゐます。私は自然と共にあるといふ心持で俳句を作つてゐます。

（「ホトトギス」昭和二十四年四月号）

「月日の運行」も「花の開落」も「鳥の去来」も、それぞれ宇宙の必然の力のままに粛々と進行する。「人」とて例外ではない。宇宙の力は、「人」にだけ特別の権利を与えてくれているわけではない。「それ等の如く人も亦「自然と共にある」という大きな覚悟が見てとれる。

もう一つ私の好きな虚子の言葉に、

人は戦争をする。悲しいことだ。併し蟻も戦争をする。蜂もする。蟇もする。其外よく見ると獣も魚も蟲も皆互に相食む。草木の類も互に相侵す。これも悲しいことだ。何だか宇宙の力が自然にさうさすのではなからうか。そこにもものゝあはれが感じられる

（『俳句への道』、「もののあはれ　二」）

というものもある。「あはれと感ずる心」こそが詩歌の根幹にあるモチーフであり、その「あはれ」を具体的に見せてくれるものが、「蟻」であり、「蜂」であり、「蟇」なのだ。

「歳時記」に季題として登場する鳥も獣も蟲も魚も、さらには花も木も草も、わ

れわれ人間とまったく同格に生まれ、生き、死んで行く。彼ら、言わば、この限りある小さな「地球号」に同乗する「仲間たち」を、良く見、聞き、知り、「あはれ」と感じ、讃美することが、我々の彼らへの礼儀であり、仁義なのではあるまいか。そこにこそ「花鳥諷詠」の根本的な立場があるのだと私は確信する。

末筆ながら、本書を上梓するにあたって、これまで応援して下さった「夏潮」誌友の諸兄姉にお礼申し上げたい。また「舞」主宰山西雅子さんには、ご近所という気安さから、さまざまにアドバイスをいただいた。さらに児玉和子さんには校正を手伝っていただいた。いつものことながら佳き友を得たものと感謝している。

平成二十八年三月吉日　逗子の茅屋にて

本井　英

著者略歴

本井　英（もとい　えい）

昭和二十年七月二十六日、埼玉県に生まれる。

慶應義塾大学大学院博士課程国文学専攻修了。

俳句は高校時代から清崎敏郎に師事。その後星野立子、高木晴子に師事。

平成十九年、俳誌「夏潮」創刊主宰。

「ホトトギス」、「珊」同人。俳人協会評議員。

著書に『高濱虚子』（蝸牛文庫）、『虚子「渡仏日記」紀行』（角川書店）、句集に『本井英句集』（本阿弥書店）、『夏潮』（芳文館）、『八月』（角川書店）がある。

住所　〒249-0005　逗子市桜山8-5-28
　　メールアドレス　motoi.ei@nifty.ne.jp

開落去来 kairaku kyorai　本井　英 Ei Motoi

二〇一六年七月二七日刊行
発行人―山岡喜美子
発行所―ふらんす堂
〒182-0002 東京都調布市仙川町1-15-38-2F
tel 03-3326-9061　fax 03-3326-6919
url　www.furansudo.com　email　info@furansudo.com

装丁―君嶋真理子
印刷―三修紙工㈱
製本―三修紙工㈱
定価―二五〇〇円＋税

ISBN978-4-7814-0889-7 C0092 ¥2500E